Circo poético: antología de poesía mexicana del siglo XX /
Antologadores Rodolfo Fonseca, David Huerta, Gerardo Rod ; il.
Felipe Ugalde – México : Ediciones SM, 2003 [reimp. 2009]
191 p. : il. ; 23 x 16 cm – (Poesía e infancia)

ISBN : 978-970-688-246-2

1. Poesía mexicana. 2. Poesía moderna – Siglo XX. I. Fonseca,
Rodolfo, comp. II. Huerta, David, comp. III. Rod, Gerardo,
comp. IV. Ugalde, Felipe, il. V. t. VI. Ser.

Dewey 861 C57

Proyecto editorial
  Rodolfo Fonseca
  Gerardo Rod

Diseño de la colección
  Roxana Ruiz

Primera edición, 2003
Segunda reimpresión de la primera edición, 2009

D. R. © SM de Ediciones, S. A. de C. V., 2003
Magdalena 211, Colonia del Valle,
03100, México, D. F.
Tel.: (55) 1087 8400
www.ediciones-sm.com.mx

ISBN 978-970-688-246-2

Impreso en México / *Printed in Mexico*

Circo poético

Antología de poesía mexicana
del siglo XX

Antologadores
Rodolfo Fonseca
David Huerta
Gerardo Rod

Ilustraciones de Felipe Ugalde

Poesía e Infancia

Prólogo

Imaginemos que un libro cerrado es un lugar a donde acudimos llevados por la curiosidad de saber qué puede haber ahí.

Vamos descubriendo lo que hay conforme lo abrimos, lo hojeamos y vamos leyendo las palabras impresas en él. En ese lugar –un sitio yermo, al principio– se teje con lentitud, al paso de nuestra lectura, una atmósfera llena de luces y de sombras; más temprano que tarde, sentimos que podemos vivir a gusto, mientras leemos dentro de ese lugar; mientras nos aposentamos en sus espacios, en sus rincones, en su ambiente. Y si ese lugar es un circo, más a gusto nos sentiremos.

Es lo que han querido que pase con su trabajo los antologadores de este *Circo poético*, reunión de varios actos de prestidigitación verbal y de acrobacias y magias múltiples ejecutados por un puñado de poetas de México.

En el circo se despliegan, en forma de actos fantásticos, los mitos y los misterios que les son más queridos a los seres humanos: el vuelo, el dominio sobre el fuego, la amistad amorosa con los animales, el gigante y el enano, la risa.

La literatura, y en especial la poesía, nos pone en contacto con esta materia mítica, y lo hace con medios que todos podemos reconocer: las palabras –su sentido, su ritmo, su temperatura afectiva–; palabras cargadas en cada poema con una voluntad de recreación del mundo que nos permite a nosotros, los lectores, por el arte de sus entrelazamientos, participar en esa misma recreación y emprenderla, a nuestra propia manera, en la intimidad de la lectura.

El conjunto de poemas que aquí pueden leerse tiene su propia música, su energía y sus leyes. Deben leerse con interés; de otra manera —es decir, si los leemos con indiferencia o al descuido— nunca serán para nosotros más que una serie inerte de palabras. Eso quiere decir que hay que *participar* en los poemas, verlos y leerlos como algo vivo, como organismos en los cuales las palabras adquieren vida, se animan y *conversan* con nosotros.

Bienvenidos, pues, a este *Circo poético*. Lo único que hace falta para entrar en él es ese interés y esa curiosidad que nos abrirán sus puertas.

David Huerta

Paisaje de sol

Azul cobalto el cielo, gris la llanura,
de un blanco tan intenso la carretera,
que hiere la retina con la blancura
de la plata bruñida que reverbera.

Allá lejos, muy lejos, una palmera,
tras unas tapias rojas, a grande altura,
como el airón flotante de una cimera,
levanta su penacho de fronda oscura.

Llego al lejano huerto; bajo la parra
que da sombra a la escena que me imagino
resuenan los acordes de la guitarra;

rompe el aire una copla que ensalza el vino...
y al monótono canto de la cigarra
avanzo triste y solo por el camino.

Francisco A. De Icaza

Peces voladores

Al golpe del oro solar
estalla en astillas el vidrio del mar.

José Juan Tablada

Mar: Camino que une, abismo que separa.
José Emilio Pacheco

Heroísmo

Triunfaste por fin, perrillo fiel
y ahuyentado por tu ladrido
huye veloz el tren...

José Juan Tablada

La luna

Es mar la noche negra,
la nube es una concha,
la luna es una perla.

José Juan Tablada

El campanero

Me contó el campanero esta mañana
que el año viene mal para los trigos.
Que Juan es novio de una prima hermana
rica y hermosa. Que murió Susana.
El campanero y yo somos amigos.

Me narró amores de sus juventudes
y con su voz cascada de hombre fuerte,
al ver pasar los negros ataúdes
me hizo la narración de mil virtudes
y hablamos de la vida y de la muerte.

—¿Y su boda, señor?
—Cállate, anciano.
—¿Será para el invierno?
—Para entonces,
y si vives aún cuando su mano
me dé la Muerte, campanero hermano,
haz doblar por mi ánima tus bronces.

Ramón López Velarde

13

La saltapared

Volando del vértice
del mal y del bien,
es independiente
la saltapared.

Y su principado,
la ermita que fue
granero después.

Sobre los tableros
de la ruina fiel,
la saltapared
juega su ajedrez,
sin tumbar la reina,
sin tumbar al rey...

Ave matemática,
nivelada es
como una ruleta
que baja y que sube
feliz, a cordel.

Su voz vergonzante
llora la doblez
con que el mercader
se llevó al canario
y al gorrión también
a la plaza pública,
a sacar la suerte
del señor burgués.

Del tejado bebe
agua olvidadiza
de los aguaceros,
porque transparente
su cuerpo albañil
gratuito nivel.

Y al ángel que quiere
reconstruir la ermita
del eterno Rey,
sirve de plomada
la saltapared.

Ramón López Velarde

Cuerpo: Es el lugar/primero y último del hombre.
Homero Aridjis

Hermana, hazme llorar...

Fuensanta:
dame todas las lágrimas del mar.
Mis ojos están secos y yo sufro
unas inmensas ganas de llorar.

Yo no sé si estoy triste por el alma
de mis fieles difuntos
porque nuestros mustios corazones
nunca estarán sobre la tierra juntos.

Hazme llorar, hermana,
y la piedad cristiana
de tu mano inconsútil
enjúgueme los llantos con que llore
el tiempo amargo de mi vida inútil.

Fuensanta:
¿tú conoces el mar?
Dicen que es menos grande
y menos hondo
que el pesar.
Yo no sé ni por qué quiero llorar:
será tal vez por el pesar que escondo,
tal vez por mi infinita sed de amar.
Hermana:
dame todas las lágrimas del mar...

Ramón López Velarde

Amar: Es una angustia, una pregunta,
una suspensa y luminosa duda.
Xavier Villaurrutia

Jitanjáfora

Filiflama alabe cundre
ala alalúnea alífera
alveolea jitanjáfora
liris salumba salífera

Olivia oleo ororife
alalai cánfora sandra
milingítara girófara
zumbra ulalindre calandra.

Alfonso Reyes

Sol de Monterrey

No cabe duda: de niño,
a mí me seguía el sol.
Andaba detrás de mí
como perrito faldero;
despeinado y dulce,
claro y amarillo:
ese sol con sueño
que sigue a los niños.

Saltaba de patio en patio,
se revolcaba en mi alcoba.
Aún creo que algunas veces
lo espantaba con la escoba.
Y a la mañana siguiente,
ya estaba otra vez conmigo,
despeinado y dulce,
claro y amarillo:
ese sol con sueño
que sigue a los niños.

(El fuego de mayo
me armó caballero:
yo era el Niño Andante,
y el sol, mi escudero.)

Todo el cielo era de añil;
toda la casa, de oro.
¡Cuánto sol se me metía
por los ojos!
Mar adentro de la frente,
a donde quiera que voy,
aunque haya nubes cerradas,
¡oh cuánto me pesa el sol!
¡oh cuánto me duele, adentro,
esa cisterna de sol
que viaja conmigo!

Yo no conocí en mi infancia
sombra, sino resolana.—
Cada ventana era sol,
cada cuarto era ventanas.

Los corredores tendían
arcos de luz por la casa.
En los árboles ardían
las ascuas de las naranjas,
y la huerta en la lumbre viva
se doraba.

Luz: Es tiempo que se piensa.
Octavio Paz
Luz: Es el pensamiento visible de Dios.
Homero Aridjis

Los pavos reales eran
parientes del sol. La garza
empezaba a llamear
a cada paso que daba.

Y a mí el sol me desvestía
para pegarse conmigo,
    despeinado y dulce,
    claro y amarillo:
    ese sol con sueño
    que sigue a los niños.

Cuando salí de mi casa
con mi bastón y mi hato,
le dije a mi corazón:
—¡Ya llevas sol para rato!—
Es tesoro —y no se acaba:
no se me acaba— y lo gasto.
Traigo tanto sol adentro
que ya tanto sol me cansa.—
Yo no conocí en mi infancia
sombra, sino resolana.

Alfonso Reyes

Colinas

Pero esos zopilotes estandartes. . .
Les envidio a ustedes la tarea
de recoger estrellas
que quedan tiradas en la mañana.
—Sí; tenemos ya una colección bastante completa.
Dicen que las pagan muy bien en Groenlandia.

¡Dibujar las colinas!
Repartirles los ojos
y llevarles palabras finas.
Mojar largo el pincel; apartar la neblina
de las nueve de la mañana,
para que el vaso de agua campesina
se convierta en alegre limonada.

Carlos Pellicer

Palabra: Libertad que se inventa y me inventa cada día.
Octavio Paz

Deseos

Trópico, para qué me diste
las manos llenas de color.
Todo lo que yo toque
se llenará de sol.
En las tardes sutiles de otras tierras
pasaré con mis ruidos de vidrio tornasol.
Déjame un solo instante
dejar de ser grito y color.
Déjame un solo instante
cambiar de clima el corazón,
beber la penumbra de una cosa desierta,
inclinarme en silencio sobre un remoto balcón,
ahondarme en el manto de pliegues finos,
dispersarme en la orilla de una suave devoción,
acariciar dulcemente las cabelleras lacias
y escribir con un lápiz muy fino mi meditación.
¡Oh, dejar de ser un solo instante
el Ayudante de Campo del sol!
¡Trópico, para qué me diste
las manos llenas de color!

Carlos Pellicer

Lápiz: Es un ser que para hacer se deshace.
Antonio Deltoro

Vuelo de voces

Mariposa, flor de aire,
peina el área de la rosa.
Todo es así: mariposa,
cuando se vive en el aire.
Y las horas de aire son
las que de las voces vuelan.
Sólo en las voces que vuelan
lleva alas el corazón.
Llévalas de aquí que son
únicas voces que vuelan.

Carlos Pellicer

Guijarros

¿Qué haré yo con tantos guijarros?
Son duros y lisos, redondos y claros.
¿Qué haré yo con tantos guijarros?

Con ellos podría construir un palacio
o tender un puente sobre el lago.
Con ellos podría —hondero fantástico—
derribar uno a uno los astros.
Contando el tesoro, pasara mil años.
¿Valdría la pena contarlo?
Y luego, ¿qué haría con tantos guijarros?

Las ondas transcurren con un solo cántico,
las hojas se caen del árbol,
los vientos murmuran de paso.
Y mientras, ¿qué hago con estos guijarros?

Sentado a la orilla del lago,
pasaré mi vida lanzando a las ondas guijarros,
                                        guijarros...

Miraré los círculos que se van formando,
creciendo primero y después borrando.
Oiré cómo se hunden cantando.

Y todo será tan limpio, tan claro:
las aguas profundas, los días de mayo,
la luz en los ojos, la fuerza en el brazo,
y siempre cayendo guijarros, guijarros...

Enrique González Rojo

Vida: Pan de sol para los otros,
los otros todos que somos nosotros.
Octavio Paz

Mar bajo la luna
(Fragmento)

Bajo la noche, de la nave
han salido las mismas preguntas:
—¿Acaso sabemos hacia dónde vamos?
—¿Nos habremos equivocado de ruta?

Hace tiempo que dejamos la tierra,
y por el mar de la aventura
arribaremos esta noche
a la capital de la luna...

Enrique González Rojo

Los cinco sentidos

1
En el telar de la lluvia
tejieron la enredadera
—¡madreselva, blanca y rubia!—
de tu cabellera negra.

2
Si el picaflor conociera
a lo que tu boca sabe...

3
Iluminados y oscuros
capulines de tus ojos,
como el agua de los pozos
copian luceros ilusos.

4

Cuando te toco parece
que el mundo a mí se confía
porque en tu cuerpo amanece,
desnudo pétalo, el día.

5

Por tu voz de mañanitas
he sabido despertar
de la realidad al sueño,
del sueño a la realidad.

Bernardo Ortiz de Montellano

Realidad: La otra cara del tiempo.
Octavio Paz

Croquis

Un cielo gris que amenaza
lluvia, tormenta o nevasca.

Un cinturón de montañas.
Una tierra seca y árida.

Ni una nube ni una casa
que pongan su nota blanca.

El viento, lento y sin ganas,
se quedó sobre unas palmas.

Bernardo Ortiz de Montellano

El aeroplano

Para que las nubes no le desconozcan,
permitiéndole andar entre ellas, fue
vestido de pájaro. Para que pudiera
volar, en giros elegantes y atrevidos, le
dieron forma de caballito del diablo.
Para que supiéramos que trabaja y es
inteligente, le colocaron en el abdomen
una máquina y en la cabeza una hélice
que zumba como abeja sin panal.

Manchado de azul desgranando la
rubia mazorca del día va el aeroplano,
sujeto de la mano del piloto y a la voluntad
de las cataratas del viento, dibujando
el paisaje —magueyes, torres de iglesia,
indios cargados como hormigas— en su
cuaderno de notas cuadriculado.

Bernardo Ortiz de Montellano

Pausas I

¡El mar, el mar!
Dentro de mí lo siento.
Ya sólo de pensar
en él, tan mío,
tiene un sabor de sal mi pensamiento.

José Gorostiza

¿Quién me compra una naranja?

A *Carlos Pellicer*

¿Quién me compra una naranja
para mi consolación?
Una naranja madura
en forma de corazón.

La sal del mar en los labios
¡ay de mí!
La sal del mar en las venas
y en los labios recogí.

Nadie me diera los suyos
para besar.
La blanda espiga de un beso
yo no la puedo segar.

Nadie pidiera mi sangre
para beber.
Yo mismo no sé si corre
o si deja de correr.

Como se pierden las barcas
¡ay de mí!
como se pierden las nubes
y las barcas, me perdí.

Y pues nadie me lo pide,
ya no tengo corazón.
¿quién me compra una naranja
para mi consolación?

José Gorostiza

Canción

(Fragmento del poema: Muerte sin fin)

Iza la flor su enseña,
agua, en el prado.
¡Oh, qué mercadería
de olor alado!

¿Oh, qué mercadería
de tenue olor!
¿Cómo inflama los aires
con su rubor!

¿Qué anegado de gritos
está el jardín!
"¡Yo, el heliotropo, yo!"
"¿Yo? El jazmín."

Ay, pero el agua,
ay, si no huele a nada.

Aire: Es leve rosa dura.
Francisco Hernández

Tiene la noche un árbol
con frutos de ámbar;
tiene una tez la tierra,
ay, de esmeraldas.

El tesón de la sangre
anda de rojo;
anda de añil el sueño; la dicha, de oro.

Tiene el amor feroces
galgos morados;
pero también sus mieses,
también sus pájaros.

Ay, pero el agua,
ay, si no luce a nada.

Sabe a luz, a luz fría,
sí, la manzana.
¡Qué amanecida fruta
tan de mañana!

¿Qué anochecido sabes,
tú, sinsabor!
¡cómo pica en la entraña
tu picaflor!

Sabe la muerte a tierra,
la angustia a hiel.
Este morir a gotas
me sabe a miel.

Ay, pero el agua,
ay, si no sabe a nada.

(Baile)

Pobrecilla del agua,
ay, que no tiene nada,
ay, amor, que se ahoga,
ay, en un vaso de agua.

José Gorostiza

Angustia: Es sombra de la puerta/
que no se abre de noche ni de día.
Carlos Pellicer

Pausas II

No canta el grillo. Ritma
la música
de una estrella.

Mide
las pausas luminosas
con su reloj de arena.

Traza
sus órbitas de oro
en la desolación etérea.

La buena gente piensa
—sin embargo—
que canta una cajita
de música en la hierba.

José Gorostiza

Manzana

Conciencia del frutero campesino,
manzana, entre las uvas y las nueces
¡de qué rubor tardío te embelleces
con el otoño que te presta el vino!

Gira en la piel de tu contacto fino
una dulzura sana, sin dobleces,
y del reflejo en que tu forma acreces
llenas, sincera, el vaso cristalino.

Porque es tan limpia la pulida esfera
de tu carne de plata y tan segura
que el paisaje que mira, refrigera.

Y corre por la helada dentadura
una acidez, al verte, que no altera
la sed, sino la moja y la madura.

Jaime Torres Bodet

Música oculta

Como el bosque tiene
tanta flor oculta,
parece olorosa
la luz de la luna.

Como el cielo tiene
tanta estrella oculta,
parece mirarnos
la noche de luna.

¡Como el alma tiene
su música oculta,
parece que el alma
llora con la luna!...

Jaime Torres Bodet

Oscuridad eterna

—El que se muere
¿qué siente?
—Que le apagan la luz
para siempre.

Elías Nandino

Oscuridad: Es la mirada del que arde.
Ricardo Yáñez

Aire

El aire juega a las distancias:
acerca el horizonte,
echa a volar los árboles
y levanta vidrieras entre los ojos y el paisaje.

El aire juega a los sonidos:
rompe los tragaluces del cielo,
y llena con ecos de plata de agua
el caracol de los oídos.

El aire juega a los colores:
tiñe con verde de hojas el arroyo
y lo vuelve, súbito, azul,
o le pasa la borla de una nube.

El aire juega a los recuerdos:
se lleva todos los ruidos
y deja espejos de silencio
para mirar los años vividos.

Xavier Villaurrutia

Poesía

Eres la compañía con quien hablo
de pronto, a solas.
Te forman las palabras
que salen del silencio
y del tanque del sueño en que me ahogo
libre hasta despertar.

Tu mano metálica
endurece la prisa de mi mano
y conduce la pluma
que traza en el papel su litoral.

Tu voz, hoz de eco,
es el rebote de mi voz en el muro,
y en tu piel de espejo
me estoy mirando mirarme por mil Argos
por mí largos segundos.

Poesía: Es una manera/de reescribir el tiempo.
Homero Aridjis

Pero el menor ruido te ahuyenta
y te veo salir
por la puerta del libro
o por el atlas del techo,
por el tablero del piso,
o la página del espejo,
y me dejas
sin más pulso ni voz y sin más cara,
sin máscara como un hombre desnudo
en medio de una calle de miradas.

Xavier Villaurrutia

Las palomitas del monte

Parecen venir hacia acá las palomitas del
monte, las tres cabecitas grises meneándose
rápidas, caminando hacia el agua de flores,
luego las tres cabecitas grises se alejan juntas
caminando lentamente.
Y allá lejos, en la Tierra Florida, debajo
del amanecer, van tres cabecitas grises
meneándose hacia el agua de flores,
y luego juntas, alejándose lentamente.

Poema yaqui

Flores: Son el puro agradecimiento a la luz.
Ricardo Yáñez

Las tortugas

Cadidi ca bigu
rului ca ti biga
ne biguro
no bigo huini
guriá nizadó
bigo huini
bigu ró
ne naró ne nahuini
pará bizanalu shiñi
pará bizanalu shiñi
nizado
nizado nizado
bia bigu huini
bia bugú ró
pará bizanalu shiñi
biguró
bigu huini

Van pasando las tortugas
parecidas a un collar
con la tortuga grande
unida a la tortuga chica
a la orilla del mar
tortuga chica
tortuga grande
con la grande, con la chica
¿dónde dejaste al hijo?
¿dónde dejaste al hijo mar?
mar mar
mira a la tortuga chica
mira a la tortuga grande
¿dónde dejaste al hijo?
tortuga grande
tortuga chica.

Poema zapoteco

Canto de la guacamaya

La pitahaya está madura,
vamos a cogerla.
Córtense los otates.
La guacamaya viene de la tierra caliente
para comer las primeras frutas.
Desde muy lejos, desde la tierra caliente,
vengo cuando están cortando los otates
y me como los primeros frutos.
¿Por qué quieren quitarme
ustedes los primeros frutos?
Son míos. Me como la fruta
y arrojo la cáscara.
Cuando me he satisfecho de comer,
me retiro cantando.
Quédate aquí arbolito,
sacudiéndote mientras yo me alejo.
Voy a volar en el aire
y algún día volveré
para comer tus pitahayas, arbolito.

Poema tarahumara

Día: Alto grito amarillo.
Octavio Paz

La historia

¡Mueran los gachupines!
Mi padre es gachupín,
el profesor me mira con odio
y nos cuenta la Guerra de Independencia
y cómo los españoles eran malos y crueles
con los indios —él es indio—,
y todos los muchachos gritan que mueran los
                                    gachupines.

Pero yo me rebelo
y pienso que son muy estúpidos:
Eso dice la historia
pero ¿cómo lo vamos a saber nosotros?

Salvador Novo

La geografía

Con estos cubos de colores
yo puedo construir un altar y una casa,
y una torre y un túnel,
y puedo luego derribarlos.
Pero en la escuela
querrán que yo haga un mapa con un

lápiz,
querrán que yo trace el mundo
y el mundo me da miedo.

Dios creó el mundo
yo sólo puedo
construir un altar y una casa.

Salvador Novo

La pompa de jabón

Te saludan los pájaros, las cosas
todas afinan para ti
su mejor alba de sonrisas.

Y recuerdan tus viajes, cuando ibas
como un poco de río
redondo y frágil, por el cauce
innúmero del viento.

Y te recuerdan, Arca de Noé,
porque las regalabas a los niños,
transmutando en juguetería
de Noche Buena, el Mundo.

Gilberto Owen

El recuerdo

Con ser tan gigantesco, el mar, y amargo,
qué delicadamente dejó escrito
—con qué línea tan dulce
y qué pensamiento tan fino,
como con olas niñas de tus años—,
en este caracol, breve, su grito.

Gilberto Owen

Mar: Ancha caricia de frescura en el bochorno tropical.
Enrique González Rojo

Yo lo que buscaba

Yo lo que buscaba
era un pueblito relojero
que me arreglara el corazón,

¡ay! Que adelantara,
sonando la hora de otros climas
bajo el meridiano del amor.

Lo que me faltaba
era el péndulo de tu paso
y el tic-tac de luz de tu voz,

¡ay! Que constelara,
leontina de estrellas, mi pecho,
para acordar y atar al tuyo
—corazón de pulsera— mi reloj.

Gilberto Owen

Amor: Es una estrella filosa.
Ricardo Yáñez

Handicap

No puedo
Dejar
De
Escribir
Porque
Si me
Detengo
Me alcanzo.

Efraín Huerta

El caballo rojo

Era un caballo rojo galopando sobre el inmenso
río.
Era una caballo rojo, colorado, colorado,
«como la sangre que corre cuando matan
un
venado».
Era un caballo rojo con las patas manchadas de
angustioso cobalto.
Agonizó en el río a los pocos minutos.
Murió en el río.
La noche fue su tumba.
Tumba de seco mármol y nubes pisoteadas.

Efraín Huerta

Morir: Es tomar la eternidad como a destajo/
y repartir el alma en la ceniza.
Jaime Sabines

Imposibilidad

Por ahora
No puedo ir
A San Miguel
De Allende

No tengo
Ni para
El
Paisaje

Efraín Huerta

Pueblo

Quiubo tú
¿Todavía
Víboras?
Yo creía
Que ya
        Morongas

Efraín Huerta

Paseo I

Ahorita
Vengo

Voy a dar
Un paseo
Alrededor
De
Mi
Vida

Ya vine

Efraín Huerta

Vida: Es apenas/un milagroso reposar de barcas en la
blanda quietud de las arenas.
Carlos Pellicer

El sapo

Salta de vez en cuando, sólo para comprobar su radical estático. El salto tiene algo de latido: viéndolo bien, el sapo es todo corazón. Prensado en un bloque de lodo frío, el sapo se sumerge en el invierno como una lamentable crisálida. Se despierta en primavera, consciente de que ninguna metamorfosis se ha operado en él. Es más sapo que nunca, en su profunda desecación. Aguarda en silencio las primeras
lluvias.
Y un buen día surge de la tierra blanda, pesado de humedad, henchido de savia rencorosa, como un corazón tirado al suelo. En su actitud de esfinge hay una secreta proposición de canje, y la fealdad de sapo aparece ante nosotros con una abrumadora cualidad de espejo.

Juan José Arreola

La jirafa

Al darse cuenta de que había puesto demasiado altos los frutos de un árbol predilecto, Dios no tuvo más remedio que alargar el cuello de la
jirafa.
Cuadrúpedos de cabeza volátil, las jirafas quisieron ir por encima de su realidad corporal y entraron resueltamente al reino de las desproporciones. Hubo que resolver para ellas algunos problemas biológicos que más parecen de ingeniería y de mecánica: un circuito nervioso de doce metros de largo; una sangre que se eleva contra la ley de gravedad mediante un corazón que funciona como bomba de pozo profundo; y todavía, a estas alturas, una lengua eyéctil que va más arriba, sobrepasando con veinte centímetros el alcance de los belfos para roer los pimpollos como una
lima de acero.

Con todos sus derroches de técnica, que complican extraordinariamente su galope y sus amores, la jirafa representa mejor que nadie los devaneos del espíritu: busca en las alturas lo que otros encuentran al ras del suelo.

Pero como finalmente tiene que inclinarse de vez en cuando para beber el agua común, se ve obligada a desarrollar su acrobacia al revés. Y se pone entonces al nivel de los burros.

Juan José Arreola

Topos

Después de una larga experiencia, los agricultores
llegaron a la conclusión de que la única arma
eficaz contra el topo es el agujero. Hay que
atrapar al enemigo en su propio sistema.
En la lucha contra el topo se usan ahora
unos agujeros que alcanzan el centro
volcánico de la tierra. Los topos caen en ellos
por docenas y no hace falta decir que mueren
irremediablemente carbonizados.
Tales agujeros tienen una apariencia inocente.
Los topos, cortos de vista, los confunden con
facilidad. Más bien se diría que los prefieren,
guiados por una profunda atracción. Se les
ve dirigirse en forma solemne hacia la muerte
espantosa, que pone a sus intrincadas costumbres
un desenlace vertical.
Recientemente se ha demostrado que basta un
agujero definitivo por cada seis hectáreas de
terreno invadido.

Juan José Arreola

Todo el día te oculto

Todo el día te oculto contra el pecho.
Todo el día,
fogata.

–Muro de alondras
en conflagración
que me transluce
las manos–

Pero ahora
la noche
atisba por el ojo de la llave,
y la cara y el ojo se le saltan
en carretadas
de estrellas.

Desiderio Macías Silva

Para calentarse las manos

Para calentarse las manos
en el brasero que brilla
al otro lado
de la mesa,

los cosmonautas
proyectarían
un viaje
alrededor
del universo.

Nosotros descorremos la cortina,
y las galaxias todavía sin nombre
andan danzando
con nosotros.

Desiderio Macías Silva

Niegan que sea tu imagen

Niegan
Que sea
Tu imagen.

Y
No puedo
Mirarme
En
Un espejo

Sin que
El espejo
Arda.

Desiderio Macías Silva

Dejó de ser gusano

Dejó
De ser
Gusano

Desde el instante mismo
En que adoptó la decisión
De amortajarse
En su sueño.

De sí,
Es eso
Todo
Lo que querría
Decirte
La mariposa

Desiderio Macías Silva

Amo el sol de este día

Amo el sol de este día
Amplio en su claridad como una alberca
Que ríe y ríe desde tus ojos.

Amo la música
Esta música
Creciendo
De tu boca
Como yedras azules
Contra las bardas
Del crepúsculo.

Amo el berilo en ascuas
En que mi sangre gira
Como un rehilete

Desiderio Macías Silva

Amor: Dos soplos que convergen/en un día de carne y hueso.
Homero Aridjis

Ríe con nadie el niño

Ríe
con nadie
el niño.

Tiende
sus brazos
a nadie.

—Más allá de los rayos infrarrojos
y los ultravioleta,
intercambiamos
guiños
los
ángeles—.

Desiderio Macías Silva

Canto de río

Canto
de río.

Diamante
que a sí mismo
se pule,
y también
a sí mismo
se abrillanta.

Hasta
que un día
en sus propios
deslumbramientos
se ahoga.

Desiderio Macías Silva

El caracol

Jugabas, a oscuras, a hacer caminos
en la arena. El mar no te alcanzaba.
Y era una gran sombra, y una cinta
blanca, y un rumor deshecho.

Rubén Bonifaz Nuño

El huizache

Nada sabe decir
pero le llega un golpe de frescura
y en un gozo aromado
hasta las ramas
sube su flor,
dorada
como el sol que le quema.

    Erizado de espinas
se levanta en la mitad del llano.

    Su fronda
es una copa
de polvo.

    Cuando la roza el aire
es una tórtola
triste de sed.

Ay, pero en el verano
el huizache recibe
la humedad de la tierra.

Su débil tronco olvida,
reverdece las hojas,
ablanda las espinas.

Ay, pero en el verano
en una sola flor
amarilla, pequeña,
canta toda la tierra.

Dolores Castro

Lavanderas del Grijalba

Pañuelos del adiós,
camisa de la boda,
en el río, entre peces
jugando con las olas.

Como un recién nacido
bautizado, esta ropa
ostenta su blancura
total y milagrosa.

Mujeres de la espuma
y el ademán que limpia,
halladme un río hermoso
para lavar mis días.

Rosario Castellanos

La velada del sapo

Sentadito en la sombra
—solemne con tu bocio exoftálmico; cruel
(en apariencia, al menos, debido a la hinchazón
de los párpados); frío,
frío de repulsiva sangre fría.

Sentadito en la sombra miras arder la lámpara.

En torno de la luz hablamos y quizá
uno dice tu nombre.

(Es septiembre. Ha llovido.)

Como por el resorte de la sorpresa, saltas
y aquí estás ya, en medio de la conversación,
en el centro del grito.

¡Con qué miedo sentimos palpitar
el corazón desnudo
de la noche en el campo!

Rosario Castellanos

Una palmera

Señora de los vientos,
garza de la llanura,
cuando te meces canta
tu cintura.

Gesto de la oración
o preludio del vuelo,
en tu copa se vierten uno a uno
los cielos.

Desde el país oscuro de los hombres
he venido, a mirarte, de rodillas.
Alta, desnuda, única.
Poesía.

Rosario Castellanos

Hombres: Pedazos de alba.
Efraín Huerta

La luna

La luna se puede tomar a cucharadas
o como una cápsula cada dos horas.
Es buena como hipnótico y sedante
y también alivia
a los que se han intoxicado de filosofía.
Un pedazo de luna en el bolsillo
es mejor amuleto que la pata del conejo:
sirve para encontrar a quien se ama,
para ser rico sin que lo sepa nadie
y para alejar a los médicos y a las clínicas.
Se puede dar de postre a los niños
cuando no se han dormido,
y unas gotas de luna en los ojos de los ancianos
ayudan a bien morir.

Horas: Golondrinas que atraviesan la nada.
Homero Aridjis

Pon una hoja tierna de la luna
debajo de tu almohada
y mirarás lo que quieras ver.
Lleva siempre un frasquito de aire de la luna
para cuando te ahogues,
y dale la llave de la luna
a los presos y a los desencantados.
Para los condenados a muerte
y para los condenados a vida
no hay mejor estimulante que la luna
en dosis precisas y controladas.

Jaime Sabines

El diablo y yo nos entendemos

El diablo y yo nos entendemos
como dos viejos amigos.
A veces se hace mi sombra,
va a todas partes conmigo.
Se me trepa a la nariz
y me la muerde
y me la quiebra con sus dientes finos.
Cuando estoy en la ventana
me dice ¡brinca!
detrás del oído.
Aquí en la cama se acuesta
a mis pies como un niño
y me ilumina el insomnio
con luces de artificio.
Nunca se está quieto.
Anda como un maldito,
como un loco, adivinando
cosas que no me digo.

Quién sabe qué gotas pone
en mis ojos, que me miro
a veces cara de diablo
cuando estoy distraído.
De vez en cuando me toma
los dedos mientras escribo.
Es raro y simple. Parece
a veces arrepentido.
El pobre no sabe nada
de sí mismo.
Cuando soy santo me pongo
a murmurarle al oído
y lo mareo y me desquito.
Pero después de todo
somos amigos
y tiene una ternura como un membrillo
y se siente solo el pobrecito.

Jaime Sabines

Habana riviera

¡Qué cantidad de agua tan enorme tiene el mar!
¡Cómo es posible atravesar el mar!
¿Quién se baña en el mar, quién sale vivo,
quién sobrevive al mar?

Este edificio en que contemplo el mar,
esta ciudad, navega,
esta isla se mueve sobre el mar.

A mí me marea el mar.
Todo gira de pronto,
se me echa encima el mar.

Sube en el viento el mar.
El mar sale del mar.
Altas olas golpean, se golpean,
vienen, pasan, retornan, todo es mar.

El cielo flota en el mar.

Jaime Sabines

Mar: Es una historia que llevo entre los ojos
y la sombra de mis ojos.
Jaime García Terrés

Canción para la danza de la luna

Ch'ul me'tik ta vinajel,
ch'ul me'tik ta balamil,
yajvalil ta vinajel,
yajvalil ta balamil...

Divina señora, que estás en el cielo;
divina señora, que estás en la tierra;
dueña del firmamento,
dueña del mundo...

Luna, madre divina, que estás en el cielo;
Luna, madre divina, que estás entre jaguares;
dueña del cielo
y de la tierra...

Poema tzotzil

El viento alegre

Viento rápido, viento alegre,
tú que haces saltar el agua;
haz que llenen los peces del mar
esta red que he tendido sola.

Viento rápido, viento alegre,
tú que vienes en la mañana;
haz que llegue a la orilla en que está
una huella de pie que aguarda.

Poema seri

El camino del sol

Nuestro padre en el cielo piensa ponerse en
marcha; en marcha hacia el poniente.
Con su vara emplumada, con sus nubes,
adornará hermosamente el cielo.
Ya va bajando con su atuendo,
cada vez más cerca del poniente.
Ahora viste el traje rojo oscuro,
el traje horripilante.
Se adorna con todo.
Ya va a llegar allá,
se va a hundir en el agua de la vida.
Extiende nubes negras como la noche,
extiende nubes rojas oscuras.
Ya se hundió en el agua de la vida.

Poema cora

Cielo: Otro abismo más alto.
Octavio Paz

Los himnos del ciego

(Fragmento)   Para *Sergio Pitol*

I

El que canta es un ciego
con los ojos de faro
y los labios de raíz oscura.

El que canta es un ciego
que se quemó de ver
y nunca vio el objeto
dentro de su cuerpo justo,
ni con su luz exacta.
Sin embargo,
es el ciego que ve con los ojos
de todos los que ven.

Enriqueta Ochoa

84

Alambiques de otoño

(Fragmentos)   Para *Alfredo Leal Cortés*

I

Asoma el sol,
bosteza la luz, desperezándose,
y el día se echa a andar
con su nombre de vidrio.

II

Sosegado,
a la sombra del verano,
el silencio teje su pudor.
En el cauce donde ayer se ahogaba la arena,
hoy se hospeda el aroma del amanecer.

IV

Amanecen los días entumidos
en aguas de silencio.
Al fondo,
un campo de nieve acumula su luz tranquila
en los copos de la memoria.

Enriqueta Ochoa

Vaca y niña

Los niños de las ciudades
conocen bien el mar,
mas no la tierra.
La niña que no había visto,
nunca, una vaca
se la encontró en el prado
y le gustó.

La vaca no sonreía
—está contra sus costumbres—.
La niña se le acercó, pasos menudos,
como una fuente materna
de leche y miel y cebada.

La vaca a su vez,
rumiando dulce pastura,
miró a la pequeña triste,
como a un becerro perdido,
y la saludó contenta:
la cola en alta alegría,
látigo amable
que festejaban las moscas.

Eduardo Lizalde

Diego juega con leones

Rugen los leones, queman,
lanzan cuchillas fuera de su carne
como si se hirieran ellos mismos
al rugir.
Rugen, destiemplan a los pájaros.
Se asustan las tortugas y los topos,
pierden vuelo esos cóndores altivos,
se vuelven cervatillos estos alces tremendos,
se desploman los troncos milenarios.
La selva entera tiembla
cuando truenan los leones.
Pero Dios los toma del rabo, como a ratoncitos.

Eduardo Lizalde

Recibirte cantando

Para mi hija *Ana Luisa*

Mientras más grandes son
Menos cantan las aves
Oh almendra de sol
Casa custodiada
Por una pareja de tréboles

Como la felicidad
Tú también eres pequeña
Y no se me olvida tu cumpleaños
Menos aún tu sonrisa
Puerta de ti misma
Que un día será la del mundo
Un día el mundo será sólo día
Un día el mundo y el día serán tu sonrisa

Mientras tanto
Cantas sin abrir los labios
Barajas las hostias del álamo
En un mismo mazo ardiente:

Reparte las cartas
El juego de la vida ha comenzado
Los que ahora son niños
Mañana van a ganarlo.

Marco Antonio Montes de Oca

Buenas tardes

El rehilete morado
El barco blanco
La corneta amarilla
No puedo
Amar las cosas que no tienen color
Puedo amar
Lo repentinamente súbito
La pupila del mar
En el ojal de mi solapa
Todo casi todo
La proa como rebanada de pastel
Estribor y babor
Todo casi todo
El ancla el timón el capitán
El desnudo amor en cubierta
Las estrellas
El rehilete morado
El arco blanco
No puedo amar las cosas que no tienen color.

Marco Antonio Montes de Oca

Amar: Desnudarse de los nombres.
Octavio Paz

II

amanece
       temblor leve de aires
los insectos
       de figuras abstractas
un hormigueo de horas
multiplica colores

Isabel Fraire

Alba de proa

Navegar,
        Navegar.
Ir es encontrar.
Todo ha nacido a ver.
Todo está por llegar.
Todo está por romper
a cantar.

Gabriel Zaid

Arañazo

La tarde, como un gato, salta.
La penumbra, las uñas
que resbalan.

Gabriel Zaid

Una paloma al volar
(Fragmentos)

1
Una paloma al volar
su dorado pico abría;
todos dicen que me hablaba,
pero yo no le entendía.

2
Dame las alas, paloma,
para volar a tus vuelos,
para subir a tus cielos
de otro cielo que no asoma.
Este cielo que me toma,
nieve y silencio temía;
y ha de caer todavía
mientras tu voz se sustraiga.
—Si está cayendo, que caiga;
no ha de durar más de un día.

4
Esta noche callaría,
aunque viniese la muerte.
¿Y el silencio de perderte
con qué voz te cantaría?
Naranja dulce del día,
nocturno limón celeste,
te pido un favor y es éste:
(el que la canción pedía)
que le digas a María
que esta noche no se acueste.

Gabriel Zaid

Muerte: Culminación del día y de la noche.
Víctor Manuel Cárdenas

La poesía del sol

la loca poesía tiene el sombrero del sol
la loca poesía tiene el manto de la lluvia
y nos tiende sus hilos dorados
y florece como una respuesta a todas las preguntas

la loca poesía baja las escaleras del cielo
trepa los árboles de la mañana
se adormila en las pestañas de los que nacen
de los que bucean la luz del mediodía
de los que aran y oran

la loca poesía tiene los cabellos mojados
duerme por la noche
avanza por el día
se detiene
aspira las flores y viaja con las nubes

Mediodía: Oro que el aire azota/
bajo la transparencia de las nubes.
Juan Domingo Argüelles

la loca poesía habita mi codo
tu pie habita tus pechos alegres
la loca poesía mana del centro del sol
escurre por tu costado
mana también de tu cabello
mana de tus dedos
estalla en las almenas de mis ojos
la loca poesía está loca por nosotros
para mirarla sólo tenemos que trazar el cuádruple
conjuro:
norte   sur   este   oeste
y verla caer como la lluvia
oírla cantar como el viento que pasa
verla ovillarse en las ingles de la tarde
la poesía está loca por nosotros y nos regala el
verano un verano que desfila lento
junto a sus hermanas las estaciones
la loca poesía

Sergio Mondragón

El ahogado

aquel hombre se unía a la soledad del mar,
iba y venía en sus olas y lo azul del agua
    iba y venía en sus ojos cada vez más sin nadie,

unido a la soledad del mar aquel hombre soñaba
                  y no era un sueño,
y perdía su nombre, perdía su voz arrojada como
                  una corona fúnebre
que el oleaje deshojaba al pie de otro silencio,

aquel hombre ya sólo tenía que ver con el agua,
con el color azul sacado del cielo a ciertas horas
                  de la eternidad,
con la espuma que crece cuando el dios del mar
                  despluma sus ángeles
con mano temblorosa,

   aquel hombre se unió al mar,

un pájaro rompía el cascarón de la tarde.

José Carlos Becerra

Oscura palabra
(Fragmento)

En el fondo de la tarde está mi madre muerta.
La lluvia canta en la ventana como una extranjera `
                     que piensa con tristeza
en su país lejano.

En el fondo de mi cuarto, en el sabor de la comida,
en el ruido lejano de la calle, tengo a mi muerta.
Miro por la ventana;
unas cuantas palabras vacilan en el aire
como hojas de un árbol que se han movido
al olfatear el otoño.

Unos pájaros grises picotean los restos de la tarde,
y ahora la lluvia se acerca a mi pecho como si no
                     conociera otro camino
para entrar en la noche.

Noche: Es siempre el mar de un sueño antiguo.
Xavier Villaurrutia

Y allá, abajo, más bajo,
allá donde mi mirada se vuelve un niño oscuro,
abajo de mi nombre, está ella sin levantar la cara
                                    para verme.
Ella que se ha quedado como una ventana
que nadie se acordó de cerrar esta tarde;
una ventana por donde la noche, el viento y la
                                    lluvia
entran apagando sus luces
y golpeándolo todo.

José Carlos Becerra

La Venta
(Fragmento)

Se abre la noche como un gran libro sobre el mar.
Esta noche
las olas frotan suavemente su lomo contra la playa
igual que una manada de bestias todavía puras.

Se abre la noche como un gran libro
                    ilegible sobre la selva.
Los hombres muertos caminan esparcidos en los
                                hombres vivos,
los hombres vivos sueñan apoyando las sienes en
                                los hombres muertos
y el sueño contamina de piedra a sus imágenes.

Se abre la noche sobre ustedes, cabezas de piedra
                    que duermen como una advertencia.

Se detiene la luna sobre el pantano,
gimen los monos.

Allá, a lo lejos, el mar merodea en su destierro,
esperando la hora de su invencible tarea.

José Carlos Becerra

Luna: Claridad que transcurre.
Octavio Paz

Un niño, un gato y una cabra

a *Yolanda*

Ahora que todos
esperando
el canto están,
son para mí los tiempos
de la memoria cierta.
No sé por qué
me alcanzan
si nunca les huí.
Un niño veo,
un gato y una cabra.
Entre dos patios,
varias
estancias
y una canal abierta:
los montecillos
de la escarbada tierra.

Memoria: Inminencia del precipicio.
Octavio Paz

La cabra aprende
a embestir del gato
y, jugando,
al niño que es su amigo
a topes tratan
de explicarle el mundo:
o eso es
lo que sospecha el niño.

Mas padre decidió con buen sentido
que guisaran la cabra,
el gato fuera desterrado
de mi infancia.
Volví a quedarme solo.
(Había olvidado
que no les conté de mi penuria
o soledad continua,
no obstante dos hermanos
mayores por entonces.)

Franciso Cervantes

Soledad: Poniente que aparece en
los pechos como un deseo sangrante.
José Carlos Becerra

Mar eterno

Digamos que no tiene comienzo el mar.
Empieza donde lo hallas por vez primera
y te sale al encuentro por todas partes.

José Emilio Pacheco

Mundo escondido

Es el lugar de las computadoras
y de las ciencias infalibles.
Pero de pronto te evaporas
—y creo en las cosas invisibles.

José Emilio Pacheco

Transfiguraciones

Mundo sin sol
lavado por la lluvia

La luz recobra el aire

Es transparencia
Un minuto se enciende
—y cae la noche.

José Emilio Pacheco

Lluvia: Tumulto en puntas de cuchillos.
Gilberto Owen

Las miradas

A veces las miradas
toman la forma de lo que miran.

Algo inefable y débil
como la llama
o las alas de la mosca.

A veces las miradas
inventan lo que miran.

Miguel Ángel Flores

La lluvia

La lluvia
azota con furia
la ciudad.
Pero
no alcanzará a lavar
toda la melancolía
del mundo.

Miguel Ángel Flores

Loco en la noche

Asomado a la ventana
cree que es mediodía
y con el cordón de la persiana en la mano
juega con un rayo de luz
cada cosa que toca se enciende
y de sus ojos brotan corrientes doradas
pues caminando por el cuarto oscuro
cree que su cara es el sol

Homero Aridjis

Mediodía: Puño de luz que golpea y golpea.
Octavio Paz

Telaraña

Desapercibida en el rincón
la telaraña es visible
por los rayos del sol que se pone
y por un momento dorado
la luz pende de un hilo

Homero Aridjis

22

La mañana parece bajar entera
a un charco tembloroso

Homero Aridjis

Zorra

"Arroz a la zorra."
Traza su palindroma
persiguiéndose la cola.

Eduardo Martínez

Hipopótamos

La madre lo arrima,
lo mete al agua
para quitarle
un peso de encima.

Todo en ella
es estómago.

Hace girar
las hélices
de sus orejas.
El dirigible
se dispone
a sumergirse.

Eduardo Martínez

Imagen

Vasta la playa
sin más límite
que el que la misma imagen
se procura:
una ola tibia
tras de romper el hielo
se congela en el aire
y permanece.

Elva Macías

Toma esta vez
la voz del grillo que durmió el verano en mis
solapas.

Elva Macías

Voz: Luz palpable/que el tiempo no erosiona.
Efraín Bartolomé

Cómo nació el violín

Nació el encino,
nació entre piedras y rocas.
El Gran Venado lo creó.
El Gran Sabio lo formó.

Pero no tenía alma el encino.
Pesado era su corazón.
Su corazón era mudo.

Entonces el Gran Sabio
mandó al ruiseñor.

Pasó el ruiseñor cantando,
entró en la planta
y se volvió médula.

Poema huichol

El himno de los muertos

Así se dirigían al muerto,
cuando moría.
Si era hombre, le hablaban,
lo invocaban como ser divino,
con el nombre de faisán.
Si era mujer, con el nombre de lechuza.
Les decían:

"Despierta, ya el cielo se enrojece,
ya se presentó la aurora,
ya cantan los faisanes color de llama,
las golondrinas color de fuego,
ya vuelan las mariposas".

Por esto decían los viejos,
quien ha muerto, se ha vuelto un dios.

Poema náhuatl

Fuego: Sombra sola entre inmensas claridades.
Carlos Pellicer

Despedida a los españoles
de los xtoles (comediantes)

Le Conquitadorabé,
kaholan uh ocolil,
tu iuksahob in cuxtal,
ca tu bishop in takin.

Le holhun kal habobé,
manal lobil tin mansah,
tumen ie cisinobé
tu luksahob in cuxtal.

Gracias cin sic habal Dios
tumen tech ta tuxtah toon
leti le Yum Cura Hidalgo
tu xot y kax in kabob.

Aquellos conquistadores,
conocidos por ladrones,
me privaron de la vida,
se llevaron mis doblones.

En largos trescientos años,
no sólo penas sufrí:
inhumanos me quitaron
hasta el modo de vivir.

Gracias al Dios Verdadero,
porque a nosotros mandó
al Cura Hidalgo que al brazo
la ligadura cortó.

Poema maya

Exactamente
a la mitad del lago
un cisne
se estrangula
con el reflejo
de su cuello

Francisco Hernández

Por sus innumerables crímenes
el agua morirá ahogada
el fuego acabará en la hoguera
el aire expirará en la cámara de gases
y la tierra será enterrada viva
sin nadie que le arroje
un último puñado de sí misma

Francisco Hernández

Morir: Arrojar/una piedra en la noche.
José Carlos Becerra

Como a un estanque
a ti se asoma el día
peina sus nubes

Francisco Hernández

Jaguar

I

Niño jaguar.
     Serpiente.
Fauces abiertas,
ojo que se agranda.
Tu pupila devora el cielo:
noche llena de ojos.

El río lleva caracoles
que en la roca se prenden
    —turquesas bajo el agua.
La arena sella sus secretos.
Entre las piedras, arañas.
Abejas hacinadas sobre las floraciones
    en el limo.

Caracoles: Claustro marítimo.
José Luis Rivas

Noche adonde bajan a beber los tigres
silenciosos como crecidas súbitas.

Niño jaguar,
en tus ojos se entrecierra la noche.
Te duermes
cuando el sol dispara sus flechas
entre las copas de los hules
y enciende el pelaje de los monos.

Elsa Cross

De verano
(Fragmentos)

Los largos días de verano
—vuelo de gorriones,
movimiento de ramajes y luces,
anchas banquetas derritiéndose—
bien pudieron estar señalados
con piedrecitas blancas.

*

Para la primavera
(largo ha sido este invierno, oscuro)
tal vez haya flores azules y violetas
y la noche quizá sea más clara.

*

Todo ha sido
como el día que sostiene su danza
su equilibrio
a la orilla del alba
para después caer.

Elsa Cross

Azul: Es el color de la distancia.
Verónica Volkow

Papalotl

La estación de viento
abre sus alas amarillas,
danza en las aristas
del balcón repetido.

En un claro sin bosque
alza cometas,
caudas de gracia
sobre el valle que apenas se adivina
entre los edificios.

Elsa Cross

126

Baniano

Aéreas,
nacidas en la altura,
las raíces descienden
                    hasta alcanzar la tierra.
Encuentran la fuente de su estirpe,
la raíz de sí mismas.
Se vuelven fundación
                    —columna y arco—
trazan sus laberintos,
cierran grutas,
engrosan bajo olores de pimienta
que acerca el mismo aire
                    que desprende las hojas,
tersura viva,
como las plantas de tus pies.

Pasos que se deslizan sin rozar el suelo.

Elsa Cross

Viaje

Sentada ya a la mesa
me espera la familia:
cuadra a cuadra se mezclan
el placer agridulce
de llegar con retraso
y el temor del regaño.
De la escuela a la casa
me libera el camino,
lo prolongo extraviándome;
hago larga la ruta
jugando con los otros,
me subo a los camiones
que van por otros rumbos.
Después de encaminar a mis amigos
me regreso yo solo;
entonces voy contando
las líneas de la acera,
un perro me distrae, miro un kiosco.

En el camión fatal
que me acerca a la casa,
las risas y uniformes
de un colegio de niñas
son como otro camión
que me lleva en su viaje:
aplazan las tareas
que entristecen mis tardes,
dilatan los segundos,
multiplican las calles.

Antonio Deltoro

Papalotes

De la mano de un niño como dioses antiguos
ascienden formas que dan color al viento.
Un papalote planea tranquilo y solitario
entre dos peligros: la calma y la galerna.
Su piloto, artífice del hilo, tiene los pies en la tierra.
Zarpan silenciosos hacia la altura,
sin quilla ni cubierta, barcos a toda vela.
Ojos de montaña con paciencia marina
descubren a lo lejos naves enemigas:
halcones de papel en el cielo de marzo.

Antonio Deltoro

Silencio: Puerta a la eternidad.
Manuel Ulacia

El gato

Maestro en el sueño y en el salto,
el gato es una fiera bajo techo:
una chimenea.
Su piel y su dormir
son las llamas y el humo.
En el interior de las horas,
en la profundidad de los minutos,
en el último rincón,
no hay partículas de tiempo:
hay sólo un gato dormido.
Como los ojos por el fuego
paso mis dedos por su piel.

Antonio Deltoro

131

Hay días en que no quisiera abrir la puerta de mi cuarto porque tengo miedo de que todo se convierta en humo. Y hay días en que salgo a toda prisa de él, temiendo que el humo esté en mi cuarto.

Ricardo Yáñez

Reía como quien todo lo sabe.
Vivía como una flor.
Su corazón era un delgado polen.
Dios era un colibrí y le visitaba.
Por las noches se arrullaba con el crepitar de las
                                          estrellas
—y era como un manojo de cardos estallando
blandamente en la honda llama azul del blando
                                          viento,
como un manojo de crisálidas crujiendo
                         lentamente
hasta quedar vacías.
Era un alma de Dios, era San Juan.

Ricardo Yáñez

Giro la perilla abro

ah un espejo digo
y cierro y me regreso
y me detengo atónito
al recordar de pronto
mi voz al otro lado
ah un espejo digo
y cierro y me regreso
y me detengo atónito
al recordar de pronto
mi voz al otro lado
ah un espejo digo
y cierro y me regreso
y me detengo atónito

Ricardo Yáñez

Qué optimismo

uno quiere vivirse hasta los huesos
uno quiere llorarse hasta la risa
uno quiere volverse longaniza
o bien taco de sesos

uno quiere ganar sus buenos pesos
mas la pobreza nunca cicatriza
uno quisiera darse una paliza
o saberse más rezos

uno se rasca a veces la cabeza
uno se bebe a veces su cerveza
uno se toma en serio muchas veces

uno quisiera ser tan sólo dieces
quizá reírse menos de uno mismo
qué optimismo

Ricardo Yáñez

El pingüino
(Sobre un tema de Herman Melville)

El pingüino no es carne, pescado ni volátil,
no pertenece al carnaval ni a la Cuaresma.
Animal el menos atractivo, el más ambiguo,
chapotea en los tres elementos y posee
algún rudimentario derecho a todos ellos, pero
no se encuentra a gusto en ninguno:
en tierra renquea, en el agua avanza cinglando y en
el aire aletea y se desploma.

Como avergonzada de su fracaso,
la naturaleza lo oculta
en los confines del mundo.

Ricardo Yáñez

Mi amigo Pánfilo

Dicen que Pánfilo
es "necio como una cabra".

Mi amigo no se parece
a ese animal
ni a ningún otro.
(A él y a mí nos gustan las cabras.)

No sé si es necio;
pero creo que no,
porque cuando está conmigo
suele fabricar —con mucha paciencia—
artefactos de ramitas y alambres,
máquinas bellas
que no sirven para nada.

Luego me regala esos objetos
y yo los conservo en mi cuarto
y juego con ellos.

Pánfilo es mi amigo
y si él es como dicen
yo también soy necio como una cabra.

David Huerta

Formas y colores de las palabras

Escucha una palabra con atención,
cualquier palabra.

Es puro sonido
pero algo
quiere decir:

naranja, una fruta; *avión*,
máquina que vuela; *Clodomiro*,
nombre de persona; *Azucena*,
flor blanca.

Ahora vuelve a escucharlas
y encuéntrales
formas y colores:

¿no tiene *espada*
un saborcito metálico
muy adecuado?

Perfume, con esa u
donde cae el acento
es profunda
y azul o verde.

Verónica tiene todas
las vocales, menos la u.

Carretera rechina
y serpentea.

Y así por el estilo...

David Huerta

Adivina los colores de estas cosas

Ramita de pino,
fuente de esmeralda;

agua de piscina,
cielo en primavera;

manzana madura,
cachete apenado;

sol de mediodía,
canario en un árbol;

bata de enfermera,
nieve del invierno;

carbón apagado,
hoyo en el espacio.

David Huerta

Espacio: Es un latido de tiempo.
Octavio Paz

El cardenal no baja al césped

De alta rama a la copa
vuela
como mi frente
de recuerdo en recuerdo

José Luis Rivas

Canción de mayo

Eucaliptos encendidos, sombras:
    Las mujeres lavan ropa. Pájaros
que cantan frente a la ventana.
    Las voces ascienden con el humo
de los coches, los ojos arden,
    el viento descorre las cortinas.
Un cielo lleno de nubes blancas
    es una cama con sábanas limpias.

Alberto Blanco

Humo: Es el recuerdo/que vive en la impaciencia de la hoguera.
Francisco Hernández

Canción de octubre

Luces rojas de los que se van,
      amarillas de los que vienen:
se van apagando lentamente
      las colillas que dejó el sol
prendidas en los cristales.
Balanza del cielo, la calle
      es un mercado... estrellas
frescas, monedas en el aire.

Alberto Blanco

144

Los búhos

Detrás de cada nube, de cada monte,
de cada copa, de cada rama
hay búhos en la noche.

Se esconden en el humo de las pipas.
Se alimentan de malentendidos
y estrellas de neón.

En la oscuridad se pueden confundir
lo mismo con esas cenizas
que con sus sombras.

Con los faros gemelos de sus ojos
recorren parsimoniosamente
las aguas de la noche.

Y conversan con el viento.
Sollozan con la lluvia.
Se callan con el sol.

Alberto Blanco

Faro: Rubio pastor de barcas pescadoras.
José Gorostiza

Poema sobre el tiempo

para *Carla Adame Velasco*

el tiempo son las cosas que cambian
cambia la luz y se vuelve de noche
cambia el tamaño de tus ojos
cambia la talla de tu ropa
y cambian tus zapatos

el tiempo son las cosas que cambian
cambian las siete hasta llegar a ocho
y cambia el desayuno hasta volverse cena

cambia tu modo de bailar
cambia tu risa
cambia la música que escuchas

cambiamos todos
cambia lo que hacemos

el tiempo son las cosas que cambian
se cambia el sueño por el otro día
se cambia una página vacía
                por un poema

Eduardo Casar

Sueño: El tiempo sin el tiempo.
Carlos Pellicer

El mismo río

in memoriam *Óscar Zorrilla*

Abajo el río pone en evidencia, subraya
la parte más profunda de la barranca. Es un hilo
que queda del que fue río Mixcoac. Cuatro
niños van siguiendo su curso, juegan
con una pelota. Los cuatro visten igual, el
uniforme de alguna primaria.
Óscar me contó una vez que cuando era niño
venía a nadar al río Mixcoac. El mismo río.

Óscar murió ayer.
(Suena un oboe.)

Busco cuál de los cuatro niños es Óscar, aquel
que venga desde hace cuarenta años al río.

Óscar era bajo de estatura. Como ese niño.

Seguramente se tendía boca abajo
y contemplaba el pasto
sosteniéndose la cabeza con las manos.

Como ese niño.

Era alegre, audaz, fuerte, liderillo.
Como el primero, ese que se animó
a cruzar el río.
Nadie lo veía. Como al que falta.

Óscar es los cuatro niños.

Eduardo Casar

Nada más

¿La mar? ¿El mar?
¿El mar? ¿La mar?
Mar.

Salvador Córdova León

Fraude

Croa
en la orilla de un estanque.
Ha escuchado que hay besos
que rompen los conjuros.
    Croanta y croanta.
Ignora que no existen las princesas.

Salvador Córdova León

Castigo ejemplar

¡No se quede con las ganas!
¡Que no le cuenten! ¡Que no le digan!
¡Usted, señor! ¡Usted, señora! ¡Usted, señorita!
—gritaba la araña frente al agujero de su tronco
hueco—. ¡Pasen, pasen!
¡Traigan a los niños! ¡Pasen a mirar!
¡Pasen a ver! ¡Pasen a oír la triste historia de
la araña que fue convertida en mujer porque no
le hizo caso a su madre!

Salvador Córdova León

El gran simpático

La realidad es una broma que ya me está
                    poniendo nervioso.
Un armario con un payaso encerrado.
No hay tiempo para hacernos guiños con los ojos,
el asunto es grave, pesado:
Todo hombre come un plato diario de confusión,
las manos se desesperan en los cabellos, el alma se
                    vuelve espalda.
Huele a nocáut, a cuerpo amarrado al quirófano y
el dolor, cara de serio, es un charlatán.
La realidad es un teléfono timbrando,
un telegrama de certezas muy cortas.
¡Ojo picudo!
La risa nos puede traicionar.

                                        Ricardo Castillo

Hombre: Es animal de soledades.
Rosario Castellanos

Canciones breves

(a)
Nunmandé endónito:
nuparaya int'ondrito.

Ayer florecita:
hoy se marchita.
(b)
Florecita, florecita, floreciendo estoy
Córteme, córteme, el que quiera.
Venga, venga y córteme.
(c)
El río pasa, pasa:
      nunca cesa.
El viento pasa, pasa:
      nunca cesa.
La vida pasa:
      nunca regresa.
(d)
El zopilote vuela sobre mi casa,
las moscas sobre mi olla de nixtamal.

(e)

Ya me voy, dice la vaca,
ya me voy, dice el buey.
Ya van bajando, dice el abejorro:
yo voy tras ellos, dice la luciérnaga.

(f)

En el cielo una luna:
en tu cara una boca.
En el cielo muchas estrellas:
en tu cara sólo dos ojos.

(g)

Kha sa-tuy hiadi miyottzi
sa-tuh motti.
Kha nöm-da-go gui yottzi:
nugö, nugö dibui.

En la gota de rocío brilla el sol:
la gota de rocío se seca.
En mis ojos, los míos, brillas tú:
Yo, Yo vivo.

Poema otomí

La enredadera

Shéparin, shéparin, shéparin, shéparin
Sumac tzitziquin hingun
Asixin matore, asixin matore
Ka hinin güecan tzipan
Ca tzitziqui urápiti ikióhuati
Ca tzitziqui tzipámbit kharuóti
Shéparin, shéparin, shéparin, shéparin
Sumac tzitziquin hingun

Cuidado, cuidado,
con la flor de añil,
no te envuelva
y quiera florecer
y la flor blanca se vaya a enojar
y la flor amarilla se vaya a marchitar.
Cuidado, cuidado,
con la flor de añil.

Poema tarasco

Cuatro canciones de flores

(a)
Caen esparcidas flores de naranjo,
caen esparcidas florecitas.
Les gusta reír, les gusta hablar.
Pisemos, arrastremos, flores de naranjo.

(b)
Nasho tocha koa
nasho toya yo
nti tse nale
koa ti shi senkan
nti tse nachon
koa ti shi senkan

La flor de yuca,
la flor de la palma,
hijo de su mamá
también que tengo yo,
hijo de la mujer
también que tengo yo.

Flores: Un poco de agua llena de confeti.
Carlos Pellicer

(c)
La flor de piña sobre la colina,
la flor de piña en el valle.
Abajo las hojas de algodón.

(d)
Sembremos con raíz,
sembremos con tierra,
flores tojo-chino.
Escarbemos con raíz,
escarbemos con Madera,
flores tojo-chino.

Poema mazateco

Despedida

Los martes
llegaba un mendigo
con mandolina
a la sombra del cidro
bajo nuestra ventana
de persianas verdes
que abría mi madre
para darle dos manzanas;
nos mudamos un día,
nos fuimos lejos,
el martes llegó el mendigo
a nuestra casa abandonada
y sé que estuvo
largo tiempo tocando
su mandolina
bajo nuestra ventana
a la sombra del cidro
antes de irse para siempre
de la colina
de nuestra casa.

Fabio Morábito

158

La lagartija

La lagartija, incapaz
de esfuerzos, trepa por muros
amplios como vacaciones.
Elige un rayo de sol,
uno solo, y se detiene
sobre el muro a gozarlo.
Luego elige otro, y otro;
cada rayo es un verano
que ella absorbe con su lomo
gota a gota, hasta aturdirse.
Cada mil insolaciones
muda de piel, se renueva.
También el muro y el sol
mudan de horror y fijeza,
pero no se sabe cuándo.

Fabio Morábito

B

Los niños exclaman que tenemos el
corazón en la garganta,
los pulmones detrás de los ojos
y los ojos en las manos
y yo les creo.

Carlos Oliva

En el ghetto

Como no tienen
con qué dibujar
recortan
figuras de papel.

Carlos Oliva

Remembranza

En este anochecer
el campo duele a pino.

Carmen Villoro

Cauce interior
(Fragmentos)

I

Como todos los niños, hicimos barcos de papel
y nos subimos en ellos
y nos fuimos.
Después tuvimos uno verdadero,
una lancha pequeña,
y en ella recorrimos la misma trayectoria.

Hoy poseemos las dos cosas.
Cada mañana nos esperan.
Mas preferimos los barcos de papel
porque desde ellos el río se hace ancho
como el mar que nunca hemos conocido.

II

Hay una roca enorme
que parte en dos las aguas.
Las más grandes crecientes no han podido con
ella.
Desde ahí muchas veces nos lanzamos al río para
llegar más hondo.

Ése es el juego:
hurgar en lo profundo de las aguas
y ascender jubilosos hacia la luz.

IV

Descendientes de rudos campesinos
somos.
Mi padre ama la tierra,
mi madre el cielo
y de esa unión nacimos.
Cuando mi padre y mi madre se abrazan
fluye el río de que hablo
y Dios está muy cerca
de nosotros.

V

Hoy, en mi clase de Geografía,
supe que mi río no es importante;
no figura en los mapas.
Me duele que así sea.
Ahora lo amo más.
Los dioses se reservan los más grandes secretos
y este río es un secreto
a muy pocos mortales
revelado.

VI

Casi al anochecer
dejamos el agua de este río
y nos vestimos en silencio.
Aún tenemos fuerzas para mirar el cielo
y pedirle perdón por desoír a nuestra madre.
Hacemos un recuento de la luz
hasta que cae la noche.
Después nos vamos,
a casa
como siempre.

Baudelio Camarillo

Silencio: Duro cristal de dura roca.
Xavier Villaurrutia

El circo

El equilibrista brilla
sobre un alambre muy alto
y después trae mil pañuelos
dentro de su boca el mago;
luego vienen a la pista
elefantes y caballos,
el lanzador de cuchillos
y leones que dan espanto,
pero todo el susto pasa
cuando llegan los payasos.

Benjamín Valdivia

Los gatos

Un gato es un acertijo
con bigotes en la cara,
pues nadie sabe qué cosas
son las que mueven sus patas.
Siempre los gatos son breves
aunque sus colas sean largas.
Y aunque nunca lo parece
son los dueños de la casa;
todo se encanta por ellos;
por ellos se desencanta.

Benjamín Valdivia

El lago

Cuando vamos de paseo
me gusta el lago, me gustan
las lanchas y aquellos patos
que frente a nosotros cruzan
y los pescaditos rojos
apiñados como uvas.
En los espejos del agua
se contempla una figura.
¡Si soy yo que estoy mirando
mis ojos entre la espuma!

Benjamín Valdivia

Yo: Punto muerto en medio de la hora.
Manuel Maples Arce

Agosto me llega de golpe
me moja   me escurre por la piel
no encuentra la luz y
se oculta tras las nubes

y nos cae a cántaros por las tardes

Martha Favila

Música:

(variación)

fragancia que se piensa,
aire que se esculpe,
idea que baila.

Salvador Ortiz Aguirre

Dibujos para una función de circo con un alfabeto de colores

(Fragmentos)

2

En la cima del arcoiris
ondea el banderín de un circo

3

Magia mayor:
tras el levantamiento de la niebla
surge un pueblo

4

(el mejor malabarista)
El naranjo cargado de frutos
una tarde de viento

7

Tras el aro de fuego
el tigre divisa
un grupo de gacelas

9

(en el aire)
Órdenes del colibrí
recibe el trapecista

Ernesto Lumbreras

Día séptimo

Digo que el mundo no cabe en las palabras
como la luz no cabe en mi mano.

Alejandro Ortiz González

Dentro de una botella

Las historias de amor se escriben en la
playa, a veces el agua las roza, se nublan las
miradas, llegan nuestros gestos a otros puertos;
algún día en otra parte del mundo reconocemos
algo de nosotros que navega sin rumbo fijo.

Rocío Magallón Mariné

Tríptico a la palabra

I

La palabra germina,
abre sus retoños
por las calles del pueblo,
se pega a las ventanas,
se cuela por la puerta.

La palabra Historia
chapotea las tardes
y duerme la siesta de los muertos.

La palabra no muere.
Es aliento, polvo, gemido, poema.

Sus raíces son lo doble
de gruesas y profundas de lo que se ven.

II

La palabra poema canta,
desata versos a su paso,
se resbala por los árboles,
gotea letras minúsculas.

III

La palabra fuego nace de mi boca.
La palabra lluvia se precipita.
La palabra silencio ya no existe.

Rocío Magallón Mariné

Poema: Es la única huella/
que deja el homicida/en el lugar de los hechos.
Francisco Hernández

Biografías mínimas

Francisco A. de Icaza

Nació en 1863 en la ciudad de México. Ensayista y poeta, fue ministro plenipotenciario en Alemania y en España. Representó a su país en el III Centenario del Quijote (Madrid, 1905) y en otras ocasiones.

En 1901 fue premiado su libro sobre las "Novelas ejemplares de Cervantes", en un certamen del Ateneo de Madrid.

Escribió: *Las novelas ejemplares, De los poetas y de la poesía, Nuevos estudios cervantinos, Supercherías y errores cervantinos, Sucesos reales que parecen imaginados, de Gutierre de Cetina, Juan de la Cueva y Mateo Alemán, Lope de Vega, sus amores y sus odios, Efímeras, Lejanías, La canción del camino, Paisajes sentimentales y Cancionero de la vida honda y de la emoción fugitiva*. Murió en España en 1925.

José Juan Tablada

Nació en 1871 en la ciudad de México. Fue poeta, prosista y crítico. Realizó estudios en el Colegio Militar y en una academia de pintura.

Dentro de sus obras poéticas destacan: *Florilegio, Al sol y bajo la luna, Un día... Poemas sintéticos, Li-Po y otros poemas* (1920) *El jarro de flores, La feria*. También

escribió la novela *La resurrección de los ídolos* y las crónicas: *Tiros al blanco, La epopeya nacional. Porfirio Díaz, Historia de la campaña de la División del Norte, Hiroshigué, el pintor de la nieve y de la lluvia, de la noche y de la luna* y *La feria de la vida*. Murió en 1945 en Nueva York.

Ramón López Velarde

Nació en Zacatecas en 1888. Abogado y escritor, es uno de los poetas más sobresalientes de la literatura mexicana. Escribió crónicas políticas para varios periódicos y revistas. Sus obras más importantes son: *La sangre devota, Zozobra, El son del corazón* y *El león y la virgen*. Murió en 1921 en la ciudad de México. Sus restos se encuentran en la Rotonda de los Hombres Ilustres del Panteón Civil Dolores.

Alfonso Reyes

Nació en Nuevo León en 1889. Estudió Derecho y escribió poesía, cuento, ensayo, relato y crítica. En 1945 obtuvo el Premio Nacional de Literatura. Sus obras más importantes son: *Visión de Anáhuac, Simpatías y diferencias, La X en la frente, El deslinde* y *La experiencia literaria*. Murió en la ciudad de México en 1959.

Carlos Pellicer
Nació en Tabasco en 1897.
Además de museógrafo, activista
social y senador, fue profesor de
poesía moderna en la UNAM y
director del Departamento de
Bellas Artes. Es conocido como el
"Poeta de América". Perteneció a la
generación de los Contemporáneos.

En 1964 se le otorgó el Premio
Nacional de Literatura.

Entre sus obras más
sobresalientes encontramos: *Colores
en el mar, Piedra de sacrificios,
Seis, siete poemas, Hora de junio,
Subordinaciones, Recipientes y
otras imágenes, Práctica de vuelo,
Cuerdas, percusión y aliento, Cosillas
para el nacimiento*. Murió en la
ciudad de México en 1977.

Enrique González Rojo
Nació en 1899.
Poeta y ensayista, formó parte de
los Contemporáneos. En 1920
dirigió la sección literaria de
El Heraldo de México.

Publicó los libros: *El puerto* y
Espacio. Murió en 1939.

Bernardo Ortiz de Montellano
Nació en la ciudad de México en
1899. Fue periodista y trabajó en
la Secretaría de Educación Pública.
En 1928 fundó con Bernardo J.
Gastélum, Jaime Torres Bodet y

Enrique González Rojo la revista
Contemporáneos, de la que fue
director tres años.

Escribió ensayos y poesía. Su libro
más importante es *Sueño y poesía* que
reúne cinco libros anteriores. Parte
considerable de su obra permanece
inédita. Murió en 1949.

José Gorostiza
Nació en Tabasco en 1901.
Miembro de la generación de los
Contemporáneos, fue uno de los
más notables poetas mexicanos
del siglo XX. Desde el año 1927
desempeñó cargos diplomáticos en
distintas ciudades europeas.

Desde 1955 fue miembro
de la Academia Mexicana de la
Lengua. En 1968 obtuvo el Premio
Nacional de las Letras.

Destacan sus poemarios *Canciones
para cantar en las barcas* (1925)
Poesía (1964) y, sobre todo, *Muerte
sin fin* (1939). Murió en la ciudad
de México en 1973.

Jaime Torres Bodet
Nació en 1902 en la ciudad de México.
Estudió Filosofía y Letras y desempeñó
una carrera diplomática importante.
Compartió la dirección de la revista
Contemporáneos (1928-1931).

En 1966 recibió el Premio
Nacional de Literatura.

Sus libros más sobresalientes son:

Fervor, Corazón delirante, Biombo, Destierro, Sonetos, Fronteras, Tres inventores de realidad y *Tiempo de arena*. Murió en 1974.

Elías Nandino

Nació en 1903 en Jalisco. Estudió medicina, impartió clases de literatura en la Escuela Normal y fundó la revista *Estaciones*, así como la colección de cuadernos *México Nuevo*. Obtuvo el Premio Jalisco, el Premio Nacional de Poesía de Aguascalientes y el Premio Nacional de Letras. Entre sus libros de poesía más relevantes se pueden mencionar: *Canciones, Espiral, Color de ausencia, Triángulo de silencios, Nocturna suma, Nocturno amor, Nocturno día, Nocturna palabra, Eternidad del polvo, Conversación con el mar, Erotismo al rojo blanco* y *Nocturnos intemporales*. Murió en Guadalajara en 1993.

Xavier Villaurrutia

Nació en la ciudad de México en 1903. Poeta y dramaturgo, abandonó los estudios de derecho para dedicarse a la literatura. Dirigió con Salvador Novo la revista *Ulises* (1927-1928). Fue cofundador del grupo teatral *Ulises* (1928), colaborador de la revista *Contemporáneos* (1928-1931). Escribió teatro, guiones, poesía

y ensayo. De sus obras destacan: *Reflejos, Nocturno de los ángeles, Nostalgia de la muerte, Canto a la primavera y otros poemas, Textos y pretextos, Juego peligroso, Invitación a la muerte* y *La tragedia de las equivocaciones*.

En 1948 ganó el primer premio del concurso de las Fiestas de Primavera por *Canto a la primavera y otros poemas*. Murió en 1950.

Salvador Novo

Nació en 1904 en la ciudad de México. Fue cronista, ensayista, dramaturgo, historiador y poeta. De 1946 a 1952 dirigió las actividades teatrales en el Instituto Nacional de Bellas Artes, y durante muchos años se ocupó de actividades escénicas como autor, director, traductor y empresario. En 1952 ingresó en la Academia Mexicana, y en 1967 recibió el Premio Nacional de Literatura.

Formó parte del grupo literario los Contemporáneos con Carlos Pellicer, José Gorostiza, Jaime Torres Bodet, Enrique González Rojo, y otros. Murió en la ciudad de México en 1974.

Gilberto Owen

Nació en Sinaloa en 1905. Poeta diplomático y escritor, formó parte de los Contemporáneos.

183

Entre sus obras más destacadas sobresalen *Desvelo, Línea, El libro de Ruth, Perseo vencido* y *Poesía y Prosa*; la recopilación de relatos *La llama fría*, y la novela *Novela como nube*. Murió en 1952.

Efraín Huerta

Nació en Guanajuato en 1914. Periodista y poeta, recibió el Premio Nacional de Poesía en 1976.

Sus obras más importantes: *Absoluto amor, Línea del alba, Poemas de guerra y esperanza, Los hombres del alba, Los poemas de viaje, Estrella en alto, El Tajín* y *Responsos*. Murió en 1982.

Juan José Arreola

Nació en Jalisco en 1918. Estudió teatro e impartió varios talleres literarios. Fue miembro del grupo teatral Poesía en voz alta; fundó talleres literarios, dirigió importantes publicaciones como *Los presentes, Cuadernos y libros del unicornio*, la revista *Mester* y las ediciones del mismo nombre, durante la década de 1960.

En 1953 recibió el Premio de Literatura Jalisco y en 1976 el Premio Nacional de Lingüística y Literatura, así como el Premio Nacional de Periodismo, el Premio Nacional de Programas Culturales de Televisión, y la condecoración del gobierno de Francia como oficial de Artes y Letras Francesas. Sus obras más importantes son: *Varia invención, Confabulario, La feria* y *Bestiario*. Murió en el año 2001.

Desiderio Macías Silva

Nació en Asientos, Aguascalientes, en 1922. Estudió medicina en la Universidad Nacional Autónoma de México. Recibió el Premio de Poesía Aguascalientes en 1972. Entre su obra destacan los libros *Veredictos de polvo, Ascuario* y *Pentagrazul*. Murió en 1995.

Rubén Bonifaz Nuño

Nació en 1923 en Veracruz. Hizo sus estudios en la ciudad. de México, donde se recibió de abogado en la Universidad Nacional Autónoma. Fue becario del Centro Mexicano de Escritores de 1951 a 1952 y de la Fundación Guggenheim de 1984 a 1985.

Ha recibido varias distinciones: Premio Nacional de Letras, en 1974; Premio Latinoamericano de Letras "Rafael Heliodoro Valle", en 1981; Premio Internacional Alfonso Reyes, en 1984; el Doctorado Honoris Causa por la Universidad Nacional Autónoma de México, en 1985, y muchas más.

De su obra destacan: *Imágenes, Los demonios y los días, El manto y*

la corona, Fuego de pobres, Siete de espadas, El ala del tigre, La flama y el espejo, De otro modo lo mismo, As de oros y *El corazón de la espiral.*

Dolores Castro

Nació en Aguscalientes en 1923. Estudió Derecho e hizo la maestría en letras. Es maestra de Literatura y Crítica literaria.

Ha escrito los poemarios: *El corazón transfigurado, Siete poemas, La tierra está sonando, Soles, Cantares de Vela* y *Las palabras.*

Rosario Castellanos

Nació en la ciudad de México en 1925. Por muchos años vivió en Comitán, Chiapas, donde fue profesora y funcionaria del Instituto Nacional Indigenista.

Entre sus libros destacan *Balún Canán, Oficio de tinieblas, Ciudad Real* y *Poesía no eres tú.*

Murió en 1974, cuando era embajadora de México en Israel.

Jaime Sabines

Nació en Tuxtla Gutiérrez, en el Estado de Chiapas, en 1926. Fue diputado en el Congreso de la Unión en el periodo de 1976 a 1979. Su obra poética ha conquistado tanto el ámbito académico como el popular.

Entre sus libros destacan *Horal, Tarumba, Yuria, Algo sobre la muerte del mayor Sabines* y *Nuevo recuento de poemas.* Murió en 1999.

Enriqueta Ochoa

Nació en Torreón, Coahuila, en 1928. Cursó estudios de Literatura y Periodismo. Ha impartido cátedra en diversas universidades del país como la Universidad Veracruzana y la del Estado de México.

De su obra destaca el poemario *Las vírgenes terrestres.*

Eduardo Lizalde

Nació en la ciudad de México en 1929. Estudió Filosofía y Música.

En 1970 obtuvo el Premio Xavier Villaurrutia. En 1974 el Premio de Poesía Aguscalientes por su obra *La zorra enferma,* en 1988 el Premio Nacional de Literatura y Lingüística, en 2001 el Premio de Ensayo Literario José Revueltas. Ha escrito cuento: *La cámara*; novela: *Siglo de un día*; y poesía: *La mala hora, El tigre en la casa, Caza mayor, Nueva memoria del tigre* y *Otros tigres.*

Marco Antonio Montes de Oca
Nació en la ciudad de México en
1932. Es poeta, narrador y pintor.
Fue becario del Centro Mexicano
de Escritores de 1955 a 1956 y
de 1960 a 1961, de la Fundación
Guggenheim en 1967 y en 1970,
y del FONCA de 1989 a 1990. Ha
publicado, entre otros, las obras:
*Ruina de la infame Babilonia, Cantos
al sol que no se alcanza, Pedir el fuego* y
Cuenta nueva y otros poemas.

Isabel Fraire
Nació en la ciudad de México
en 1934. Ha sido profesora
de literatura en la Universidad
Nacional Autónoma de México. Ha
traducido varios libros de poesía del
idioma inglés. Entre sus poemarios
destaca *Sólo esta luz.*

Gabriel Zaid
Nació en Monterrey, Nuevo
León, en 1934. Estudió ingeniería
industrial. Además de ejercer
el periodismo, ha escrito libros
de poemas y ensayos, entre
los que destacan *Seguimiento,
Campo nudista, Práctica mortal,
Cuestionario, Cómo leer en bicicleta*
y *Los demasiados libros.*
También realizó una importante
antología de la poesía mexicana
titulada *Ómnibus de la poesía
mexicana* (1971).

Sergio Mondragón
Nació en Morelos en 1935.
Estudió periodismo y ha trabajado
en importantes periódicos
mexicanos. Ha publicado tres libros
de poesía: *Yo soy el otro, El aprendiz
de brujo* y *Pasión por el oxígeno y la
luna.*

José Carlos Becerra
Nació en Tabasco en 1936.
En 1953, obtuvo el primer lugar
en un concurso estatal a nivel
preparatoria, con su excelente
"Apología de Hidalgo". A partir
de 1954, publica en la prensa
de Villahermosa, cuentos
y artículos. Fue becario de la
Fundación Guggenheim.
Sus obras más importantes son: *La
venta, Oscura palabra* y *Relación
de los hechos.* Su obra completa se
recopiló en un volumen titulado *El
otoño recorre las Islas.* Murió en 1970.

Francisco Cervantes
Nació en 1938 en Querétaro.
Periodista, publicista y poeta.
    Fue becario de la Fundación
Guggenheim de 1977 a 1978.
En 1982 le fue otorgado el Premio
Xavier Villaurrutia y en 1986
recibió la Orden Río Branco del
gobierno del Brasil y el Premio
Heriberto Frías del gobierno
de Querétaro.

De su obra destacan: *Los varones señalados/ La materia del tributo, Esta sustancia amarga, Cantado para nadie, Heridas que se alternan* y *Los huesos peregrinos.*

José Emilio Pacheco

Nació en la ciudad de México en 1939. Cursó estudios en la Facultad de Filosofía y Letras de la Universidad Nacional Autónoma de México. Ha dictado cátedras en diversas universidades de Estados Unidos, Inglaterra y Canadá. Además de escritor, se ha desarrollado como crítico, cronista literario e investigador.
Ha traducido al español obras de Samuel Beckett, Oscar Wilde, Ítalo Calvino y Harold Pinter, entre otros. Su obra abarca la poesía, el cuento y la novela. Destacan *Los elementos de la noche, El viento distante, No me preguntes cómo pasa el tiempo, El principio del placer* y *Las batallas en el desierto.*

Homero Aridjis

Nació en Contepec, Michoacán, en 1940. Su obra abarca diversos géneros literarios como la poesía, el ensayo y la novela. Actualmente funge como presidente del Pen Club International. Entre sus libros destacan *Antes del Reino, El poeta niño, Quemar las naves* y *Construir*

la muerte. Su poesía escrita entre 1960 y 2002 ha sido recopilada en un solo volumen: *Ojos de otro mirar.*

Eduardo Martínez

Nació en la ciudad de México en 1943. Cursó estudios en la Facultad de Ciencias Políticas y Sociales de la Universidad Nacional Autónoma de México. Fue becario del Taller de Narrativa del Instituto Nacional de Bellas Artes que dirigía Augusto Monterroso. Ha escrito, entre otros libros, *Los animales de Chapultepec* (Baciyelmos).

Elva Macías

Nació en Tuxtla Gutiérrez, Chiapas, en 1944. Fue maestra de español en Pekín y cursó estudios de literatura rusa en la Universidad Lomonósov de Moscú. Fue becaria del Centro Mexicano de Escritores. Entre su obra destaca el poemario *Círculo del sueño.*

Francisco Hernández

Nació en San Andrés Tuxtla, Veracruz, en 1946. Ha ganado el Premio Xavier Villaurrutia y el Premio de Poesía Aguascalientes. Entres sus libros destacan *Gritar es cosa de mudos*, *Portarretratos*, *Mar de fondo*, *Oscura coincidencia*, *En las pupilas de quien regresa*, *Moneda de tres caras*, *El infierno es un decir* y *Soledad al cubo*.

Elsa Cross

Nació en 1946 en la ciudad de México. Poeta, traductora y ensayista, recibió el Premio Diana Moreno Toscano en 1967. En 1989 ganó el Premio de Poesía de Aguascalientes por su libro *El diván de Antar*. En 1992 le fue otorgado el Premio Jaime Sabines de Poesía. También ha escrito: *Naxos*, *Amor más oscuro*, *Bacantes*, *Baniano*, *Espejo al sol*, *Jaguar*, *Moira* y *Poemas desde la India*.

Antonio Deltoro

Nació en la ciudad de México en 1947. Estudió economía en la Universidad Nacional Autónoma de México. Ha colaborado en diversos suplementos culturales. Recibió el Premio de Poesía Aguascalientes en 1996. Ha escrito los poemarios *¿Hacia dónde es aquí?*, *Los días descalzos* y *Balanza de sombras*.

Miguel Ángel Flores

Nació en la ciudad de México en 1948. Estudió Economía. Ha realizado una importante labor de traducción de poesía inglesa, portuguesa, brasileña, francesa y estadounidense. Obtuvo el Premio de Poesía Aguascalientes en 1980. Ha publicado los poemarios *Ciudad decapitada*, *Saldo ardiente*, *Isla de invierno* y *Contrasuberna*.

Ricardo Yáñez

Nació en Guadalajara, Jalisco, en 1948. Realizó estudios de literatura en la Universidad de Guadalajara y en la Universidad Nacional Autónoma de México. Se ha desempeñado como docente y promotor cultural. Ha coordinado talleres de poesía en diversas ciudades del país. Es autor de los libros de poemas *Ni lo que digo*, *Dejar de ser*, *Antes del habla* y *Si la llama*.

David Huerta

Nació en la ciudad de México en 1949. Estudió en la Facultad de Filosofía y Letras de la UNAM. Fue becario del Centro Mexicano de Escritores de 1971 a 1972, y de la Fundación Guggenheim en 1979.

Ha escrito las obras *El jardín de la luz, Cuaderno de noviembre, Huellas del civilizado, Versión* y *El espejo de los cuerpos.*

José Luis Rivas

Nació en Tuxpan, Veracruz, en 1950. Estudió Filosofía y Letras. Ha recibido el Premio de Poesía Carlos Pellicer, el Premio Xavier Villaurrutia, y de Traducción de Poesía y en 1986, el Premio de Poesía Aguscalientes por su obra *La transparencia del deseo.*

También ha publicado: *Fresca de risa, Tierra nativa, La balada del capitán* y *Brazos de mar.*

Alberto Blanco

Nació en 1951 en la ciudad de México. Es profesor de tiempo completo en la Universidad de El Paso, Texas.

En 1988 recibió el Premio Carlos Pellicer y en 1989 el Premio Nacional de Literatura José Fuentes Mares.

Sus obras más importantes son: *Pequeñas historias de miedo ilustradas, Giros de faros, Largo camino hacia ti* y *Antes de nacer.*

Eduardo Casar

Nació en la ciudad de México en 1952. Estudió Letras Hispánicas en la Universidad Nacional Autónoma de México, donde se desempeña como profesor.

Coordina talleres literarios en la Escuela de Escritores de la Sociedad General de Escritores de México. Además de poeta, ha escrito cuentos para niños, una novela y un guión cinematográfico. Es autor de los poemarios *Noción de travesía, Son cerca de cien años, Caserías* y *Mar privado.*

Salvador Córdova León

Nació en Tabasco en 1953. Coordinó y dirigió varios suplementos y revistas culturales. En 1970 ganó el primer lugar en los Juegos Florales José Carlos Becerra con el soneto *Soy.* En 1995 ganó el Premio Estatal de Periodismo Cultural.

Escribió *Tarea poética* y *Lectura pública*; sus poemas, ensayos, cuentos y diversos escritos, fueron publicados en revistas y suplementos culturales. Murió en 1996.

Ricardo Castillo

Nació en 1954 en Jalisco. Es investigador en la Universidad de Guadalajara. Obtuvo en 1980 el Premio Carlos Pellicer por su obra poética, y en 1990 el Premio Paula de Allende de la Universidad de Querétaro. Otras de sus obras son: *Concierto en vivo, Como agua*

al regresar, Nicolás el camaleón
y *Borrar los nombres.*

Fabio Morábito
Nació en Egipto en 1955. Vive
en México desde 1969. Poeta,
narrador y ensayista, estudió Letras
Italianas en la UNAM y traducción
Literaria en El Colegio de México.

En 1985 recibió el Premio
de Poesía Carlos Pellicer y en 1992
el Premio de Poesía Aguascalientes
por su obra *De lunes todo el año.*

Ha publicado los libros: *Lotes
Baldíos, Gerardo y la cama, Caja
de herramientas, La lenta furia*
y *Los pastores sin ovejas.*

Carlos Oliva
Nació en 1955 en la ciudad
de México. Es profesor de filosofía
en la UNAM.

En 1979 obtuvo el Premio
Nacional de Poesía Joven por
*Insomnios de su enigmática
desaparición,* y en 1989 recibió
el Premio Nacional de Poesía
Alfonso Reyes por *Criba
las sandalias.*

Ha escrito: *Un lance de adagios
jamás abolirá el azar, Desde la
estación del silencio, El dolor del ojo
luminoso en su osadía, La mensajera
sideral* y *Silente 20.*

Carmen Villoro
Nació en la ciudad de México
en 1958. Además de su obra
poética, ha escrito cuentos
para niños, ensayos, guiones
radiofónicos y crítica de artes
plásticas. Entre sus libros destacan
*Que no se vaya el viento, Delfín
desde el principio, Herida luz,
La media luna* y *Amarina
y el viejo Pesadilla.*

Baudelio Camarillo
Nació en Tamaulipas en 1959.
En 1993 ganó el Premio
de Poesía Aguascalientes
por su libro *En memoria del reino.*

Ha publicado *Espejos que se
apagan* y *La casa del poeta y otros
poemas.*

Benjamín Valdivia
Nació en Aguascalientes en 1960.
Poeta ensayista, narrador y músico,
estudió filosofía. En 1980 obtuvo
la beca Salvador Novo y de 1991
a 1992 fue becario del FONCA.
En 1988 recibió el Premio
Internacional de Novela Nuevo
León por *El pelícano verde,*
y por su obra *Interpretar la luz*
recibió en 1991 el Premio
de Poesía Le Courier d´Orenoque.

También ha escrito: *El juego del
tiempo, Demasiado tarde* y *Otro
espejo de la noche.*

Martha Favila
Nació en Durango en 1962. Ha colaborado en diversos suplementos culturales y ha escrito guiones radiofónicos. Ha publicado los poemarios *Después de la lluvia*, *Imágenes para coleccionar* y *Estancias*.

Salvador Ortiz Aguirre
Nació en 1965 en Durango. Fue becario del FONCA de 1999 al 2000. Ha participado en varias publicaciones colectivas. Publicó el libro *Esquirla*.

Ernesto Lumbreras
Nació en Jalisco en 1966. Estudió administración pública en la Universidad de Guadalajara.
En 1991 recibió el Premio Nacional de Poesía de La Paz y en 1992 el Premio de Poesía Aguascalientes por *Espuela para demorar el viaje*.
Ha publicado las obras: *Desmentir la noche*, *Clamor de agua* y *Órdenes del colibrí al jardinero*.

Alejandro Ortiz González
Nació en 1969 en la ciudad de México. Fue becario del FONCA de 1996 a 1997 y de 1999 al 2000. Ha publicado *Verbolario*, *Gimnotos* y *Sal picadura*.

Rocío Magallón Mariné
Nació en Cuernavaca, en el estado de Morelos, en 1972. Realizó estudios de Psicología en la Universidad Autónoma del Estado de Morelos y de Gerontología en la Universidad de Salamanca, España. Ha publicado los libros *Lo que habita el recuerdo* y *Cauce de palabras*.

Glosario

Cimera:	lo que está en la cima, que remata o culmina.
Vértice:	punta, cumbre.
Inconsútil:	sin costuras.
Jitanjáfora:	Alfonso Reyes tomó el término de jitanjáfora de unos versos del escritor cubano Mario Brull. Reyes define las jitanjáforas como: "Creaciones que no se dirigen a la razón, sino más bien a la sensación y a la fantasía. Las palabras no buscan aquí un fin útil. Juegan solas".
Guijarro:	piedra pequeña.
Argos:	personaje mítico, príncipe que tenía cien ojos de los cuales cincuenta se quedaban abiertos cuando él dormía.
Transmutando:	algo o alguien que está cambiando, convirtiéndose en otra cosa.
Leontina:	cadena del reloj de bolsillo.
Crisálida:	insecto que está entre el estado de gusano y el de mariposa, encerrado en un capullo.
Eyéctil:	que se expulsa con fuerza.
Belfos:	labios.
Berilio:	piedra preciosa, variedad de esmeralda, de color verde marino, a veces azul o amarilla.
Bocio exoftálmico:	enfermedad que hace que la tiroides (que se encuentra en el cuello) aumente de tamaño y que los ojos se vean saltones.
La Venta:	La Venta se encuentra en Tabasco. Es un lugar donde se encontraron los restos de altares y las cabezas monumentales de la cultura Olmeca.
Palindroma:	palabra o frase que puede leerse por igual al revés, lo mismo de izquierda a derecha

que de derecha a izquierda, y conserva su significado.

Limo: lodo, barro.

Galerna: viento propio de la costa norte de España, borrascoso y súbito.

Cinglar: hacer andar un bote o canoa con un solo remo.

Cidro: árbol de tronco liso con hojas que nunca se caen, da como fruto la cidra.

Ghetto: lugar donde viven personas separadas de la sociedad por razones raciales o políticas.

Diccionario poético

Agua: La otra voz del silencio. *Juan Domingo Argüelles*

Aire: Es leve rosa dura. *Francisco Hernández*

Amar: Es una angustia, una pregunta, una suspensa y luminosa duda. *Xavier Villaurrutia*

Amar: Desnudarse de los nombres. *Octavio Paz*

Amor: Dos soplos que convergen/en un día de carne y hueso. *Homero Aridjis*

Amor: Es una estrella filosa. *Ricardo Yáñez*

Angustia: Es sombra de la puerta/que no se abre de noche ni de día. *Carlos Pellicer*

Azul: Es el color de la distancia. *Verónica Volkow*

Caracoles: Claustro marítimo. *José Luis Rivas*

Cielo: Otro abismo más alto. *Octavio Paz*

Cuerpo: Es el lugar/primero y último del hombre. *Homero Aridjis*

Día: Alto grito amarillo. *Octavio Paz*

Espacio: Es un latido de tiempo. *Octavio Paz*

Faro: Rubio pastor de barcas pescadoras. *José Gorostiza*

Flores: Son el puro agradecimiento a la luz. *Ricardo Yáñez*

Flores: Un poco de agua llena de confeti. *Carlos Pellicer*

Fuego: Sombra sola entre inmensas claridades. *Carlos Pellicer*

Hombre: Es animal de soledades. *Rosario Castellanos*

Hombres: Pedazos de alba. *Efraín Huerta*

Horas: Golondrinas que atraviesan la nada. *Homero Aridjis*

Humo:	Es el recuerdo/que vive en la impaciencia de la hoguera. *Francisco Hernández*
Lápiz:	Es un ser que para hacer se deshace. *Antonio Deltoro*
Lluvia:	Tumulto en puntas de cuchillos. *Gilberto Owen*
Luna:	Claridad que transcurre. *Octavio Paz*
Luz:	Es el tiempo que se piensa. *Octavio Paz*
Luz:	Es el pensamiento visible de Dios. *Homero Aridjis*
Mar:	Ancha caricia de frescura en el bochorno tropical. *Enrique González Rojo*
Mar:	Camino que une, abismo que separa. *José Emilio Pacheco*
Mar:	Es una historia que llevo entre los ojos y la sombra de mis ojos. *Jaime García Terrés*
Mediodía:	Oro que el aire azota/bajo la transparencia de las nubes. *Juan Domingo Argüelles*
Mediodía:	Puño de luz que golpea y golpea. *Octavio Paz*
Memoria:	Inminencia del precipicio. *Octavio Paz*
Morir:	Arrojar/una piedra en la noche. *José Carlos Becerra*
Morir:	Es tomar la eternidad como a destajo/y repartir el alma en la ceniza. *Jaime Sabines*
Muerte:	Culminación del día y de la noche. *Víctor Manuel Cárdenas*
Noche:	Es siempre el mar de un sueño antiguo. *Xavier Villaurrutia*
Ojos:	Patria del relámpago y de la lágrima. *Octavio Paz*
Oscuridad:	Es la mirada del que arde. *Ricardo Yáñez*
Palabra:	Libertad que se inventa y me inventa cada día. *Octavio Paz*
Poema:	Es la única huella/que deja el homicida/en el lugar de los hechos. *Francisco Hernández*

Poesía:	Es una manera /de reescribir el tiempo. *Homero Aridjis*
Realidad:	La otra cara del tiempo. *Octavio Paz*
Silencio:	Puerta a la eternidad. *Manuel Ulacia*
Silencio:	Duro cristal de dura roca. *Xavier Villaurrutia*
Soledad:	Poniente que aparece en los pechos como un deseo sangrante. *José Carlos Becerra*
Sueño:	El tiempo sin el tiempo. *Carlos Pellicer*
Vida:	Es apenas/un milagroso reposar de barcas en la blanda quietud de las arenas. *Carlos Pellicer*
Vida:	Pan de sol para los otros,/los otros todos que somos nosotros. *Octavio Paz*
Voz:	Luz palpable/que el tiempo no erosiona. *Efraín Bartolomé*
Yo:	Punto muerto en medio de la hora. *Manuel Maples Arce*

Índice de primeros versos

Índice

Bibliografía

Ayala, Adela. *De bolsillo,* introducción y selección de textos María Asunción del Río. México: Dirección de Publicaciones de la Universidad de Guadalajara, primera edición 1992.

Camarillo, Baudelio. *En memoria del reino.* Premio de poesía Aguascalientes, 30 años 1988-1997, México: Joaquín Mortiz, primera reimpresión 1998.
—. *Premio de poesía Aguascalientes, 30 años.* Tomo II. México: Joaquín Mortiz, primera edición, 1997.

Castañeda, Antonio. *Relámpagos que vuelven.* México: Editorial Joaquín Mortiz / INBA, 1986.

Del Paso, Fernando. *De la A a la Z.* Colección Cantos y cuentos, Libros del Rincón, México: Dirección General de Publicaciones del Consejo Nacional para la Cultura y las Artes, 2000.

Favila, Martha. *Estaciones.* Colección Peces Volando, México: Consejo Estatal para la Cultura y las Artes, Querétaro, Qro., 2000.

Macías Silva, Desiderio. *Ascuario.* México: Joaquín Mortiz, primera edición, 1973.
—. *Premio de poesía Aguascalientes, 30 años.* Tomo I, México: Joaquín Mortiz, primera edición, 1997.
Martínez, Eduardo. *Los animales de*

(Baciyelmos) de Chapultepec. México: Martín Casillas Editores, 1980.

Ortiz de Montellano, Bernardo. *Los contemporáneos, una antología general.* Antología, introducción y notas de Héctor Valdés, México: SEP / UNAM, primera edición, 1982.

Ortiz González, Alejandro. *Antología de letras y dramaturgia décimo primera generación, Jóvenes Creadores 1999 – 2000.* México: Conaculta / Fonca, 2000.

Owen, Gilberto. *De la poesía a la prosa en el mismo viaje.* Núm. 27, Col. Lecturas Mexicanas, tercera serie, México: Conaculta, primera edición 1990.

Ponce, Manuel. *Antología poética.* Lecturas Mexicanas Núm. 49, selección y prólogo de Gabriel Zaid, tercera serie, México: SEP / Conaculta, primera edición 1991.

Tablada, José Juan. *Obra I poesía recopilación.* Edición, prólogo y notas Héctor Valdés, México: UNAM, Centro de Estudios Literarios, 1971.

Valdés, Héctor. *Antología, introducción y notas. Poetisas Mexicanas, Siglo XX.* Antología, México: UNAM, primera edición, 1976.

Circo poético

Esta antología se terminó
de imprimir en el mes de septiembre de 2009
en Editorial Impresora Apolo, S. A. de C. V., Centeno núm. 150,
local 6, col. Granjas Esmeralda, c. p. 09810,
Iztapalapa, México, D. F.